歌集

歳月の気化

Saigetsu no Kika

Ikuyo Sakamori

阪森郁代

角川書店

歳月の気化＊目次

I

Ⅱ

III

歌集

歳月の気化

阪森郁代

装幀　片岡忠彦
本文デザイン　南　一夫

I

冬ざれの町

さざなみを立てて過ぎゆく歳月を南天は小さく笑つて見せた

とめどなく散るものあれど日暮れともなれば
従《つ》きゆくパスタの店へ

八分の間隔といふシャトルバス男女混じりて
三列で待つ

今年またほろびの雪は降るならむことごとく窓はみがかれてゐる

ウンベルト・エーコ逝けり冬ざれの町に見たるは匿名の薔薇

陽のあたる池のおもては見覚えのある明るさに終始してをり

軽装に池をめぐれる数人はいつしか闇に消えてしまひぬ

鳥は死を囀り止まず土のことつぶさに語り続ける人あり

雪の来るまでの約束バインダー手前に引き寄せ軽くうなづく

文献の中を旅する日のあらば雪の小径をゆく
がごとくに

乳の香の牡蠣を夕餉に十二月エルサレムにも
雪は降るらし

北上

みぞれかと紛ふ冷たさこの雨は止むまいくら
かけ山より来たる

イーハトーブは菫の季節それのみになめとこ
山の熊も平らぐ

生者にも死者にも会はず北上はイーハトーブ
へ抜ける風のみ

ハンカチを胸に押し当て一日の長きを思ふ北上に来て

若き賢治とつひに目の合ふ一《いっ》瞬《しゅん》間《かん》ポシェットは肩を滑り落ちたり

季節はいつもちぐはぐなものなれど銀《しろがね》色の
空はやさしい

白地図《はくちづ》の日本列島いづこにもいくさはありて
ここは奥州

平泉はかつて戦場降り立てば五月極彩色の花《はな》鳥《とり》

足を踏み入れさうになる日の暮れは誰も知らない黄泉の国へと

遠い昔を呼び戻すとき美辞麗句のたぐひはも
はや無駄なこととなる

ゆづりあひ

暗誦の一節《いっせつ》はもう役に立たず冬の林檎を提げ
てゆくのみ

真白なる胸をひらいて飛ぶ鷗「毛皮のマリー」再演となる

七年ぶりと言ふ

降りさうで降らぬままなる空模様ゆづりあひとはこのやうなこと

神戸へは阪急で行くうすずみの空は行かずに
済ませよと言ふ

氷柱《つらら》さへひとつのしるべ選択は空《から》つ風《かぜ》に任せ
ておかむ

押しやられてまた引き返す鞦韆《しうせん》の取りとめもなきそんな一日

冬の花咲かせてゐるのは負《ふ》のひかり強ひてくるもの何ひとつ無く

うすくらがりに紅玉《こうぎよく》といふ果実盛られてあれば拍手《かしはで》を打つ

浜木綿の明るさのやう布張りのソファーも置かれモデルルームは

マンションにタイプAありBありて日脚はい
づれも端正ならむ

届かぬ位置に

初めての、と言ひかけて口ごもるその場かぎりのやうで風花《かざはな》

日常の貌《かほ》を見せつつ東京にはさびしい靄が立ち籠めてゐる

幹線道路抜けて鋭きカーブあり息苦しさの冬晴れに会ふ

すひかづらの実のなるあたりを見上げつつき
のふに隷属しない生き方

レノン忌を忘れてゐたる迂闊さを振幅として
ひと日風あり

デザインを見比べてをりこの服はたとへば墓
所へ行くときに着る

登りきつたところに何があるにせよ臘梅の散
り急ぐゆふぐれ

触れしことあらぬレールの鋼鉄の冷たさ　誤
報の雨に降られて

ふふみつつ酸と渋味は混じり合ふ記憶をわづ
かに違へてワイン

静けさを啄《つい》ばむのみの秒針は冬の日差しの届
かぬ位置に

*

竜神の眠りをねむる竜《りゅう》ケ《が》岳《たけ》睦月如月ぎんの
雪ふる

雪消

オーガニックコットン仕立てみどりごも角ぐむ春のやはらかシーツ

尾瀬沼の氷に亀裂ひそみゐし九〇〇種類のいのち蠢く

にごり酒それの濁りは白山《はくさん》の雪消をいただくやうに味はふ

小さく手を振る子の見えて伊勢白子　車輛もろとも通過するとき

アルカディアはギリシャの地名巴旦杏《アーモンド》を一粒のせた焼き菓子もまた

三月のひかりの中に咲き出した辛夷いのちの
水のかがやき

地震《なゐ》は地《つち》ふかきに起こり葦原の国に沙汰なく
意地を見せたる

海幸彦山幸彦を襲ひしを海境《うなさか》に松はひとり悲しむ

塵取りも箒もそばに休ませてまことしやかなり草を引く手は

いただきし球根あれば取り出《いだ》し七つ八つを土
へ返しぬ

新説

七月四日《フォース・オブ・ジュライ》の記憶のひとつびつしりと花火に
埋《う》まる夜空があつた

悲喜はこもごもにあるらし振りかへる大都市
圏はいたつて静か

明日のこと明後日のことなほざりに午後には
届く麻布の花林糖

水槽に飼はれて泳ぐ青目高　否定されるものなど持たず

はしがきもあとがきも無き一冊を統《す》べて表紙の文字の銀箔

亡き人と語らふことのをかしさを惜しみなが
らにひと日は終はる

土に手をよごして夏の草を引く短歌をつくる
よりかひがひし

ゆらめきに包まれてゐる錯覚がわざわざ重い
テーマを選ぶ

訂正をするほどのことではないと言ふ新説を
聞いたやうにうなづく

少しだけ補足を述べて去らむとす早くも右手
ドアノブにあり

卯月の徒労

持ち上げて木箱の重さ膝に置くジュゼッペ・
アルチンボルドの画集

待つとなく誰とも会はず引き返す徒労は過ぎゆく卯月の徒労

錆色になるまで蕗は煮詰めらるうすく汗ばむころともなりて

入梅を伝へるニュースけだるくて事も無げなり忘るることも

川風に見合ふ涼しさ全身が翼に変はることだつてある

ニュージャージー州スーパーミツワの広告に
「炭火造り保谷納豆」

町をゆくすべての人は使者として夏の日暮れ
を音もなくゆく

夏の日に背を向けてゐる向日葵の何も起こりはしない前触れ

時を狩りにゆくのだらうか会を終へ若き一人はうなだれてをり

もの言はず窓を立ち去ることもあるルー
シー・モード・モンゴメリ

アンとマリラ

『赤毛のアン』はモンゴメリ三十代前半の作品

おしゃべりはアンの日常似て非なる木々の声
にも耳を澄ます

空想癖、強情つ張りのアンがゐてグリーンゲイブルズ切妻の家

風は入りふたたび窓を抜けてゆくバターを溶かすわづかの間合《まあひ》

天涯の涯《はて》の明るさ独《ひと》り言《ご》つアン・シャーリー
は痩せぎすだつた

笑はないマリラの日常深鍋に煮くづれてゆく
夏の野菜が

今年またスグリを漬けてマリラには村一番の
スグリ酒がある

あとかたは跡なる形　しじみ蝶あふるる光の
なかへ呑まれし

頼まれた麵麭《パン》を届けに行くと言ふ二片《ふたひら》の手に
待つ人のゐて

〈神は天に在《いま》し、世は……〉月の射す夜にも
アンは目つむり祈る

ヨブ記から少しはみ出す付箋あり花水木《はなみづき》すで
に花期を終へたり

三色旗

幾通りもの旅のかたちがあつてよくもう確かめてゐるマロニエのこと

空に雲、地にかたつむり、指先でアリダ・ヴ
ァリの生地をたどる

マルシェでは黄色いトマトも買はれてゆく物
怖ぢしない赤に混じつて

いつであれ見下ろすのみの川だつた背にゆふ
やみが届くころにも

ふつうの日にも掲げてある三色旗どこへ行く
にしても散策

サルデーニャでは

羊飼ひの麵麭《パン》と呼ばれるパリパリの麵麭も売られてゐるのだといふ

人気なき寺院の裏手ヴェランダになびくシーツが神を隠した

抜け出してきたのだといふ感覚で外気にふれる　詩の冷やかさ

薔薇《ローザ》といふ響きは朗《ほが》ら花舗に来て硝子の向かう触れ得ぬままに

思案ひとつを巡らすやうに流れゆき流れ着かない川があること

それぞれの朝をうべなふ鰯《サーディン》にはレモンの呪文　ほんの数滴

ゼラニウムあつけらかんと咲く庭に過ぎなかつたがしんみりとゐた

頬杖

空といふ大きまやかし現れてリアルな蝶をまた見失ふ

一の道抜けて二の道ゆくごとき無音の蝶々
臆せずにゐよ

言ひそびれ聞きそびれしはかぎりなく水木は
白き花をこぼすも

あぢさゐの青きほむらを愛《め》でしのち人は余韻
ともに立ち去る

水音の絶えたる時にからうじて流れ星あり闇
をへだてて

傾《かし》ぎつつ夜は深まる瓶詰めのジャージー牛乳
立たせたるまま

歌を持ちて集ふ数人頬杖もよからむつひに迷
想に入る

平服

空き部屋にこもりて夏至の一日を見目《みめ》にあたらし『虫の宇宙誌』

奥本大三郎著

家居なるたつたひとりを置き去りにギアを入れてクロネコは去る

つま先であゆむ五、六歩レッスンに見せかくまひる素顔なるまま

足音を立てずに近づく意地悪な数秒新調した
るスーツで

アメリカで見つかつたといふピカソの画《ゑ》その
ときコトリと音を立てしか

一九八八年、ポンピドゥー・センターから姿を消した

ふいに訪ね来りし人より北極海航路が開通し
たと告げらる

長い夜と昼があつたあの頃に読んだベルホヤ
ンスクの詩

ゆかしき名は年譜に灯るベルリンの街に出会ひし女子《をみなご》エリス

エリスの本名はエリーゼ・ヴィーゲルト

家移《やうつ》りは大きイベント甕・のこぎり・鎧兜も廃棄へ廻す

オペラとふ名の薔薇を咲かせる家だつた平服でゆくには気がひける

火の色の髪をけぶらせ美輪明宏虚実皮膜のうちに微《ほほ》笑《ゑ》む

II

山紫陽花

滴《したた》りは夏の空より　刃を当ててふいに明る
む浅漬の紺

けふの日をそよぐことなきアガパンサスすう
つと力を抜いてもいいのに

夜に薫るダチュラと聞きぬ妖しさもあかさ
まなり白きその花

隠るるも隠さるるにもよきところ山紫陽花の
うす暗がりは

九十歳になりしを切りに歌詠むを止むると海
洋工学博士

*

待合室は大きく息をつくところ余所目《よそめ》に足は
組みかへられて

立ち止まり右に向くとき左より瞬時に飛び立
ちゆきしものあり

雨の中通過列車を待たされし昨夜《きそ》の踏切それ
すら遠い

ブルームーンその名の薔薇はひらきつつ雨の
匂ひをしんみりと吸ふ

秋空の下にもビルは灯されてビジネスといふ
ものをするらし

＊

整理して整理のつかぬ本ばかり一冊分の隙間になごむ

行きやすい距離にあるのは入口をうごく硝子で閉ざすコンビニ

三月のひかりあやふく日常が優先されてゆくことになる

*

かたはらに置きてむらさきけぶる花空知《そらち》富良
野は遠ざかりつつ

声はひと日を

エアコンはすでに消されて一灯をともすのみ
なる部屋に声掛く

追ひつかれ二言三言を交はしたるそんな意識の中の六月

投函の後に気付きし誤字なればどうしやうもなく柿の花落つ

わづかなる歌を知るのみ正面にかるくパシュ
ミナストールの人

歳月の気化を思へり午睡より覚めて肌には蘭《ゐ》
草《ぐさ》がにほふ

黒《ブラック》を放胆に着るジュリエット・グレコ八十
七歳来日

蝙蝠《かうもり》に身じろぎしたこと厄介な倦怠《アンニユイ》のこと今
なら話せる

「オマージュ・ア・バルバラが咲きました」
少し怖いやうな追伸

摘み取つたこともあつたと振り返る言葉は葉
でも実でもあるから

雷鳴は音低くして病む人の声はひと日をかり
そめのもの

物語のなかに降る雨〈gentle rain〉は〈恵みの
雨〉と訳されて降る

青野菜食めば気持は改まるふたたび朝の日が
差すやうに

鴨川の記憶も千切れ雲となり視野を離れてゆ
くこと速し

寄る辺なき手指

紅梅のつぼみのほとりに立つ人は花の蜂起を
待ちゐるごとし

右の手が触れて雛《ひひな》の左大臣ふつと不穏の表情を見す

影もたぬままに白々いつまでも露地につめたく何を為《な》す花

昨日のことが一昨日《をととひ》を呼びをととひはたしかに死者と微睡《まどろ》んでゐた

白木蓮風にひらけば真白なる手套《しゆたう》となりて寄る辺なき手指

岬の町にひとり住む人カンパニュラ・ラティフォリアといふ花を呉れしは

山ざくら大山桜アイチューンズで聴きつつゆくらし三、四分咲き

薄墨の桜に指をふれてみる死者に触れたること
となき指を

花あかり川に映れば流れゆく川は浅葱の空の
深さに

裏木戸はいつも湿りを帯びてゐたまだひたす
らといふを知らぬ日

木の椅子

『ケプラーの夢』の表紙に描かれて口髭目立つヨハネス・ケプラー

少しづつ冷気がほぐれてゆくやうに夢とふも
のを見るのもよくて

ローマ皇帝ルドルフ二世ケプラーの仮説にう
らうら心を寄せき

数学者、天文学者、妻と子を天然痘で亡くせ
しケプラー

天蠍《さそり》、獅子、双子、白羊　天球の黄《くわう》道《だう》十二
の宮に遊ぶを

風の道どこへゆき着くこの冬のしぐれは音を
立てて過ぎゆく

観測を終へたるのちを燃え尽きて失せてしま
ひぬ遊泳の日々

ドイツの衛星「ＲＯＳＡＴ」

妖精の気配かすかにシュトーレン砂糖まみれ
を灯の下に置く

マホガニーらしき木の椅子　凭れつつ月の固
さを更新してをり

４Ｂが鼻梁の影を描いてゐる右手の甲に陽を
受けながら

文字盤　―言葉を繋いで遊戯形式に―

幽霊といふものにまだゆきあはず水銀色《みづがねいろ》の椅子を持ち出す

硝子器の氷菓ぎんいろ突き崩す葉月おほよそ
半ばを過ぎたり

おほよそに肩の高さの立葵《たちあふひ》　薄ら氷ほどの月
を仰ぐは

立葵の重なりゆるき花びらを見尽くすのみに
空は深まる

セシウムと小さく声に洩らすとき身じろぎな
してしづかなる花

差し出せば押し戻される感触の危ふさ波が押し寄せてくる

みづうみは海を知らずに波立ちてふとしたはづみに船を浮かべつ

風にそよ吹かるるままに隣家《となりや》の柵を超えたる凌霄花《のうぜんかづら》

八月の日照りのあとに実を結ぶ花であること

他者であること

秒針に夢見のありてひんやりと八月ゆふこく
文字盤の上

「諾」といふ文字《もんじ》ひとつに返信すそこへは三
つの河を渡つて

日本とドイツの関り深きこと素手を差し出し
ながら話せり

スコットランドはかつて王国好まれるシェ
ニール織の生まれたところ

銀色にひかる蜘蛛の巣この家に懐中時計のありしは昔

湿りある縁の下より顔を出す二十日鼠のごときユーモア

天地無用

もう誰も住まふことなき空間に置かれて大き
すぎる手鏡

昨日とはいくらか違ふしづけさを映す玻璃窓
梅雨寒に入る

三重県に三重郡三重村ありしこと初夏には十《じふ》
薬《やく》が咲き出す
倭建命はこの地で足が三重の勾《まが》りをなしたと伝へる

ひかり差す日々のかたはら花開くむらさきア
ガパンサスと呼ばれて

虫食ひの葉つぱに虫のいぢらしさこんなに近
くで見ぬふりをする

風説は生《あ》れて凋んでやすやすと麵麭《パン》にチーズを挟む手さばき

はるばると真《ま》つ狩《かり》村《むら》産　匙をもてメルヘンかぼちゃのわたをくりぬく

左手はいつも右手に労はられ手ごたへのなき
夏のゆふぐれ

昼さがり天地無用の荷を提げて指で差されし
コーナーへゆく

鉛筆の芯の尖りのその先に馴鹿《トナカイ》といふ文字を
捉へた

バーンズ・コレクション

六月に続く七月石膏をうすくまぶして昼の半月

美術館と言へども室《へや》に日の差せば明るさがまた敷きつめられる

吹き抜けの上部を占めるデフォルメは切絵のやうなマチスの「ダンス」

御影石のやはらかきを用ひたる御屋敷冬には
いたく凍《し》むはず

堂々たる体軀の前にセザンヌは心ぼそき青を
差し出す

竹に炭を付けて描《か》かれし構図あり意識の輪郭
は曲線

すれ違ふ無言無言の展示室いつそ歓喜の楽な
がれ来よ

バーンズ氏の私邸にはごく限られた人が招かれた

アインシュタインも訪ね来し道ゆつくりと歩
めばゆらぐ夏の木立は

メリオンの駅舎へ向かふ　まだらなす夢見心
地を引きずりながら

ステンレスの車体に青きライン引きクワイエット車輛郊外をゆく

日本海

暮るるとも思へぬ町なりパラボラの傾《かし》いだアンテナばかり目につく

いたち川その名を変へて螢川《ほたるがは》富山市今木町
に来てゐる

宮本　輝『螢川』

見下ろせば細き流れの螢川そのまま神通川へ
と向かふ

白海老をはぐくむ深海　枕辺で夜通し日本海
が波打つ

あれは燕《つばくらめ》だつたか昨日ともけふとも知れず
仄めきの中

砂塵の国

火を借りし記憶はあらず易々と朝になれば
麵麭《パン》を焼きをり

雨が雨を降らす暗がりサムターン静止したま
ま冷えてゆくドア

少量の土をかぶせて種蒔きを終へたることも
ひとつの了解

テーマから微妙にずれた文章の結び四、五日
過ぎて思へば

網目状メロンのねむる冷蔵庫とぢて開いて呼
気を入れ替ふ

晴天のいつまで続く異端者がどこにも登場せぬものがたり

凡庸がいいいと頷《うなづ》き合ひながらきのふは午後を梅田にゐたり

昨夕のシュタンツェル氏は丁重に日本語を遣
ふドイツの大使

凌霄花《のうぜんかづら》つぎつぎに咲き辻褄はどこかで合ふと
いふことのやう

バゲットを抱へ真昼の帰路となる砂塵の国は
案外近い

化粧の手順

冬の陽に半ばは透けて欅木にゆふぐれといふ
傾斜の時刻

道草はいつもの習慣ときをりは記憶を耕すふうの読みかた

どこも悪くないと言はれし違和感は数値を指し示されながら

はやばやと春の疾風「マリ・クレール」三年
ぶりに復刊となる

メール便クロネコは来て懇切に手引きめかし
て化粧の手順

置き去りのままなる手帖２０１３等間隔に罫線はあり

天井へ伸びる本棚　翅《はね》うすき虫も飼はれて司馬遼太郎館

銀紙をうすくはがしてチーズの香　乳白色は
指になめらか

ありふれたプロセスチーズを齧りつつ曖昧母
音のやうな返答

渇いた会話

フィラデルフィアは当てて費拉特費《フィラデルフィア》と書く
三十七度の夏を歩いた

閑静な屋敷へ通ずる三叉路のありて無人の駅
舎メリオン

美術館への案内表示見つからず大いなる空に
見当をつける

バーンズ氏の私邸がそのまま美術館鳥影よぎる一瞬のあり

ふんだんにルノアールまたセザンヌと並べ方にも流儀を見せて

蒐《あつ》められ壁に掛けられ怖ろしく渇《かわ》いた会話が
なされたことも

コレクションの公開は拒み続けられた

コレクション観たしと請ひしエリオットたつ
たひと言「否」と告げらる

スーラが正面にあり最後までアウトサイダー
だつたバーンズ

外光に白く浮き立つ夏の邸　絵画の中を人は
行き交ふ

ここはノース・ラッチズ・レーン三〇〇番地
悪魔と呼ばれし人の御屋敷

Ⅲ

セキュリティー

七月は嫌ひではないうつとりと房の重みに咲く花ありて

うかうかと浅黄斑蝶《あさぎまだら》を呑み込めどどこへもたどり着けぬ夏空

題詠「万」

一万一千キロを隔てるニューヨーク距離はしづかな免罪符である

気泡緩衝材に包まれ北米便ネヴァダ州も越え
ねばならず

目に見えぬ空気を素早くキャッチする中枢
ウォール街を行く夏

道を行くのみには見えねど俊敏に応へむとしてセキュリティーは

駐車場へ消えたる人もしんねりと寝汗を掻いてゐるのもイエス

暑さのさなかひとつ手前で降りることそれも
一つの折り合ひとして

袋詰めのちりめん山椒これは虫なるかと訊《き》き
しはインドの学生

朝日差すまでには仕舞ふ滴《したた》りのウエットスーツ棹に吊るせど

抜け道

いろどりの傘を開くは吉凶を占ふごとし水木の下で

このやうに礼を尽くした咲き方も造幣局の八《や》
重《へ》紅《べに》枝垂《しだれ》

奥行を空にもたらす糸の雨いつしか迷路の街
となり果つ

降り立ちて知らぬ駅頭　水仙の鉢をへだてて
案内板あり

十一人の集まりだつた誰ひとり会ふことのな
き路地が抜け道

音の絶え更けてゆくともつぶやきは絶えることなくネットの上に

隔たりは数メートルの距離ながら東野圭吾を読んでゐる背《せな》

平成も二十数年　ニコチンを日々燻《くゆ》らせし父
も遥けし

どの向きに並び立つとも姥《うば》目《め》樫《がし》たやすく風の
流れに乗らぬ

このあたり電波の及ばないところ蝶は今更め
きて飛び立つ

装飾文字

二十世紀初頭のパリの社交界ナタリーがゐて
リアーヌがゐた

社交界の女王なれば

襟元のフリルが似合ひ凡庸を許さなかつたり
アーヌ・ド・プージィ

鍔《つば》広《びろ》の帽子を好みき鍔広き帽子は不安を庇《かば》ひ
てくれし

ジェラシーと斜めの空を映し出すルイス帽子
店の玻璃窓

寒風のパリ十八区敷道を行き交ふ人の睫毛は
凍てて

ラ・ペ通り十三番地さびしさにふざけてふくら雀の親子

阿片チンキ三度《みたび》を呷《あふ》りプージィは三度いのちを終へむとした

文学の果実刹那のあまやかさナタリー・バーネイといふは源氏名

風邪に臥すナタリー青き手帖にはかすれて装飾文字の「N」

ふたたびは回復かなはぬ枕辺に捨つべきチケットの半券

空模様

どこよりか水の洩れくる音ありて聞きとめをらむ閻魔蟋蟀

鈴虫を籠に鳴かせてゐた頃のことを聞きしが
誰も応へず

長々とまひるホームに身を添はす車輛全身
木賊色《リーフ・グリーン》

羽曳野は横一文字に暮れながら気付かぬうち
に闇と溶け合ふ

三十年和泉の国に住み慣れてなほもどかしき
空模様なる

咲ききつて散らぬ山梔子《くちなし》放射性セシウムをまだ知らぬ山梔子

廃屋となれば他人の家のごと見上ぐる高さに夏の空あり

別送で届けられたる地球儀も年月を経ていくらか軽し

北半球に積もる埃を拭ふため地球儀二回転を強ひらる

ゆつくりとめぐる季節を通せんばう七月今年
まだ鳴かぬ蟬

ヴェランダに真白きシーツ無秩序のゆらめき
として夏の一日を

ペンシルの芯もて触れてみたくなる白き
銀梅花《ミルテ》のその大き蘂

一台の車に三人その内のひとりが海上空港を
発つ

どの空にゐるとも知れず朝鳥のこゑが先取り
したる朝明け

竜ヶ岳のふもとに住まひその山にいちども竜
を見たることなし

八十八夜

咲き終へて北へと移つてゆくさくら蒼白だつた今年のさくら

右に折れ傾斜を抜けていちまいの葉書持ちゆく平常心で

レポーターは言葉に変へて繰りかへす無いはずのない見えない物を

人は穏やかに応へる住まひすらあとかたもなき後の日なれど

八十八夜しづかに過ぎぬシーベルト数字は何度も置き換へられて

チケットを護符のごとくに乗り込むはうすき
囲ひの主翼のあたり

音楽は流れてゐたがイヤホーン付けることな
く弔ひにゆく

ハドソン川は凪ぎゐるころか風評は思はぬところからも届きぬ

県境をいくつも越えて岩手よりせめて瓦礫の運ばれて来し

扇風機、風を生ましむ機関《からくり》のそれの傍《かたへ》に人
肌がある

師のサイン

とどきたる賀状の中に亡き人の筆跡ありて雁書館より

すれ違ふ記憶のひとつほぐれざるままなり雲よもう問ふなかれ

師のサイン「鬼来《おにく》とも勝《かつ》」それはそれ逆さに読めば塚本邦雄

親しむといふほどでなき一冊の諾ひやすし
気が向けば読む

万両のつぶら朱実《あけみ》をふふみつつ見るに危ふき
飛翔となりぬ

楷書体なじむ表札あれほどの高さへ海は追ひかけて来た

鉤針と毛糸のかごに手がのびて男の人もすなる編み物

沖縄の語源は阿児奈波《あこなは》　むらさき芋のタルト
に美《は》しき波の襞あり

四《し》六《ろく》判《ばん》歌集が届きその厚さ二センチほどに添
はすゆびさき

アンティークな名前と思ふヴォルフガング・
アマデウス・モーツァルトは

大阪湾望む車輌の座席には音をたてずに木管
楽器

浮力

蕗の束籠にはみ出し自転車は何思ひてか踵《きびす》を返す

何時までが朝で何時から昼なのかドア開ける
たびドア閉ぢるたび

スプーンを溢れる砂糖午後の陽が怠惰を宥《ゆる》し
てくれるのならば

読むためのステップとして眺むれば繋がつて
をり雲とジョブズ氏

鯉のぼりこのごろ見えず不意打ちに浮力を付
けて来るものあらむ

菜の花のお浸しと決めさしあたり子規よりほかに思ひ起せず

穏やかな日々に咲き出す紫羅欄花《あらせいとう》　うたひ残ししことも散りゆく

高層に寄り添ふ駐車プリウスの上にも黄砂は
積もりはじめて

西向きの部屋といへども朝々に届くひかりは
新しきもの

旅立ちはあわただしさを連れて来るマリオネットは座らせておく